쓰는 것은 기억이고, 쓰여진 기억은 죽음에 체류하면서 삶을 연장한다.

L'AM

우

정

LER

과

RÊVE

꿈

공동체주의라는 말은, 어떤 가정된 동일성 속으로의 폐쇄를 뜻해. 하지만 공산주의라는 개념, 그 단어 자체는 마르크스보다도 앞서 등장했어. 공산주의는 당대에, 새로운 사회 형태를 사유하던 사람들에게 하나의 이상주의적인 정치 개념이었지. 공산주의라는 단어는 어떤 의식을 표현한 단어였던 거야. 유한한 존재로서, 타자와 연결된 상태로부터 무언가가 탈락되었다는 자각.

이 단어는 그 다음에 무엇이 오는지, 누구와 함께 오는지, 그리고 그것이 어떤 방식으로 도래하는지에 관한 성찰 없이 사용되어 왔어. 마르크스 이후 이 단어를 쓰기 시작한 이들에게도, 함께 있음에 관한 물음은 이미 공산주의 이전에 시작되고 있었어. 공산주의가 끝내 응답하지 못했던 것은 바로 그 개념이 담지한 내용이었지만 말이야. 아리스토텔레스는 필리아(Filia)의 필요성을 언급하는데, 그러니까... 굳이 말하자면 '우정' 같은 단어인데, 아리스토텔레스 이후의 서구 전통을 빌려 우리는 이렇게 말해볼 수도 있겠지. 사회라는 것은 함께 있음을 유지하기 위한 어떤 힘과 에너지를 필요로 한다고. 어쩌면 우리는 이렇게 말할 수 있을지도 몰라. 서구의 이상은 언제나 어떤 형태로든 주어진 공동체가 끝났다는 사실에서 출발했다고 말이야. 서구의 사유가 시작되는 바로 그 지점에는 사실상 함께 있음을 가능하게 하던 방식의 종언이 전제되어 있어. 아마 이렇게 말하는 편이 더 나을지도 모르겠네. 함께 있음에 대한 물음을 다시 제기하는 것. 우리는 바로 그 물음으로부터 시작해야 한다고 말이지.

다시금, 다시, 글을 써보려 했지만, 거의 소용이 없었고, 속수무책이었다. 회신, 답장, 화답... 이런 대답의 형식을 아름답게 하는 지속적인 명료함과 일관성이 지금의 내 안에는 없다. 나에게 당도한 말들의 우정이 견고할수록, 그것이 더욱 나를 고통스럽게 한다. 나는 과거에 대해 설명하지 않고는 미래를 시도할 수 없었던 사람이니까 말이다. 내가 가진 것들을 가지고는 아무것도 시작할 수 없다는 사실을 나는 너무 잘 안다. 그럼에도, 시간이, 기억이 불현듯 통합되어 돌아올 것이다. 나는, 실망스럽지만, 나름의 대화를 경솔히 시도하게 될 텐데... 인간 관계의 부재가 드리워진 고독의 알레고리만으로는 특별한 성과가 얻어지지도 않고, 더욱이, 내가 썼을 모든 것들은 아주 사소한 것일 테고, 그래서, 아무런 의미 없이 나는 삭막해질 거고... 아마도 그것이 나에겐 최상일 테다.
사람들은 사랑을, 예술을, 기억을 자유롭게 창조하지만 실제로 선택의 여지는 없다. 그들은 고결한 자아가 될 준비를 너무나도 부단히 해나간다. 무엇을 알 수 있는지, 무엇을 해야 하는지, 무엇을 기대해야 하는지... 이런 식의 주의집중은 우선 다른 사람들과 자기 자신조차 잊는 자발성이다. 하지만, 스스로를 고양이 다루듯 어루만지는 시선이 전락한다. 사랑의 시선이 침묵과 파괴의 방향으로 몸을 돌린다. 말과 사물을 순간 놓치게 되는 것이다. 영혼은 완전한 익명의... 많은 사람들이 운명이라고 뭉뚱그려 말하는 위험한 말에 순종한다. 그리고는, 완전히 자유로운 듯 느끼지만 나를 깊이 감동시키지만은 않는 모호한 서술들이 모여 하나의 점에서 수렴되는 것이다. 낮 속의 어둠을 걷는 이 겨울의 발걸음 속에서, 내가 열심히 해볼 수 있는 것들이 있는 것이 아니라, 그저 무심히 떨어지는 일이 내가 할 수 있는 일인지도 모른다.

그렇다면 질문은 다음과 같지 않을까: 함께 있다는 건 과연 무엇을 의미하는가? 이 물음이 철학 속으로 진입하는 징후... 하나의 징표는 하이데거에게서 발견돼. 하이데거는 함께 있음이라는 문제를 존재론적 방식으로 제기했어. 즉, 현존재라는 이름의 존재의 양태로서 말이야. 하지만 하이데거에게 있어 이 물음은, 또 다른 공산주의를 사유하는 길을 여는 것이 아니라, 오히려 이미 주어진 공동체, 즉 독일 민족이라는 공동체를 전제로 한 사유로 이어져. 그렇게 함께 있음은, 곧 민족 공동체를 위한 투쟁이 되고 말아. 그리고 하이데거의 개념은 나치에게로, 파시즘으로 이어지지. 바로 여기에 나치즘과 파시즘의 기원이 있어. 파시즘은 자기 방식대로 공동체에 대한 물음에 일종의 응답을 시도했던 거야.

그런데 그와 동시에, 그리고 우연이 아니라 정확히 그 반작용으로, 다시 말해... 사회주의와 공산주의에 대한 반작용으로 등장한 게 바로 개인주의였어. 그런데 이건 전혀 새로운 양태가 아니야. 개인주의는 이미 그리스 시대에 등장했고, 좀 더 명확하게는 로마법 속에서 나타났지. 그건 하나의 '기술'이었어. 더 이상 '인간'이 아닌 어떤 것을 (그 이상인 어떤 것을) 함께 있도록 구성하는 기술... 물론 여성과 노예, 외국인을 제외했지만... 로마법 아래에서는 모든 시민이 서로 동등하다고 여겨졌어. 평등이란 건 개인이 독립된 존재로서 자족적임을 언표하는 거야. 바로 이 시점부터 개인이란 공동체가 종말을 맞은 이후에 남겨진 잔여로 타자와의 일관된 연관 속에서, 그리고 타자와의 함께함 속에서 지속되어야 할 존재로 사유가 돼.

그런데 로마 시대가 오면서, 아마도 기독교와 동시에, 새로운 연결은 '법의 형식'으로 주어지게 돼. 그리고 그 연결이 형식적인 것이 아니라 실질적인 것, 법의 형식성 너머로 내용이 주어질 때가 있었는데... 그건 바로 기독교에서 가능한 일이었어. 기독교에서 개개인은 하느님의 자녀잖아. 우리 모두 하느님의 자녀지. 그때 비로소, 타자와의 관계는 법적 연결을 넘는 어떤 것이 되는데, 하지만, 그리고 동시에, 그것은 가시적인 연결은 아니었어. 기독교는 이 비가시성과 감성성에 대해 응답해왔고, 그 응답은 곧 사랑이었어. 모두를 사랑하라고 말이지. 그러나 우리는 여전히 그 사랑의 부재 속에 있어.

그런데, 다른 이야기를 해보자면... '우정'이란 도대체 무엇일까? 우정이 무엇을 뜻할까? 아리스토텔레스에게 필리아란 타인을 향한 호의, 발견되어야 할 성질이자 자녀들에게 가르쳐야 할 덕성, 시민이 스스로 길러야 할 자질이야. 그렇다면 우정의 핵심은 무엇일까? 나는 어쩌면 기독교 이후의 시대에 살고 있는 지금이야말로 우리가 '우정'이란 것을 이해할 수 있는 조건 속에 있다고 생각해. 왜냐하면 사랑이라는 것은 낭만적 사랑이든 기독교적 사랑이든 모든 종류의 사랑을 관통하는 유일한 공통 개념이기 때문이지. 우리가 '사랑'이라고 말할 때, 그것은 '타자를 타자로서'... 즉, 데리다가 말하듯 '절대적 타자성'으로서 마주하는 관계를 뜻해. 그런데 우정은, 어떤 방식에서는, 동일한 것과 맺는 관계이기도 해. 친구란 나에게 '동일한 자'니깐. 바로 거기에, '적대'가 가능해지는 원리가 놓여 있지 않을까? 타자는, 나에게, 동일하지 않은 존재니까. 그리스어에는 타자성을 가리키는 Barbarian이라는 단어가 있어. Barbar는 그리스어를 말할 수 없는 자들을 가리키는 말이었지.

소수에게만 울리는 보편적 정언, 선험적으로는 누구도 배제되지 않는 희귀한 구원 사이에서 벌어지는 게임. 이 놀이야말로 대부분의 문제의 핵심에 놓인다. 자기와의 관계의 양태와 유형을, 거칠게 말하자면, 하나의 예술 작품을 고안하는 방법들은 종교에서, 철학에서, 문학과 영화, 혹은 하나의 상황에서, 아니면 그저 어떤 텍스트에서 만인에게 호소되지만, 바로, 여기서, 자기의 능력을 갖춘 자와 그렇지 않은 자의 실행적 분할이 이뤄질 수 있다. 그림자 하나 없는 청명한 말의 갈라진 틈. 그곳으로 비집고 들어가 그 자신에게만 고유하면서 유효한 빛을 감지해낸다. 도달하기 어렵지 않은 길을 굳이 들어가는 과정에서 본질을 발견한다. 하나의 주름으로 귀결하는 일방향의 무지막지함이야말로 탁월한 자들에게서 느낄 수 있는 기쁨이다. 죽음의 쾌락이라고 말해도 무방할 그곳을 향해 나는 흐르고 있다.

이미 몇 달 전에 죽었야 했을 시한부 선고자에게 우정이란?

L

SOUV

기

S

ENİRS

들

기억, 바로 그 기억... 깨어 있을 때 우리는 여러 기억들이 하나씩 떠올랐다가 사라지는 것을 경험합니다. 그러나 그 기억들은 언제나 지금의 자리, 지금의 행동, 현재의 삶과 밀접하게 관계 맺고 있습니다. 저는 지금 꿈에 대해 말하려 하고 있고, 이 강연대 위에 있으며, 이 자리가 저의 기억을 특정한 방향으로 끌어당기고 있습니다. 우리가 낮에 떠올리는 기억들이, 아무리 멀리 떨어진 것처럼 보여도, 결국 지금의 행위와 어딘가에서 맞닿아 있습니다. 동물에게 기억은 무엇일까요? 그것은 과거의 유사한 상황들이 가져온 결과를 떠올림으로써, 지금 무엇을 해야 하는지를 알게 해주는 도구입니다. 인간의 기억은 그것보다는 조금 더 자유로워 보입니다. 그러나 여전히, 우리의 기억은 지금 이 순간의 행위에 다리를 걸치고 있습니다. 마치 하나의 피라미드처럼, 꼭짓점이 지금 이 행위 안에 깊숙이 고정되어 있어요. 하지만 피라미드 꼭대기 아래에는 또 다른 세계가 있죠. 의식이라는 조명이 비추지 않는 무대 아래, 침묵 속에 갇힌 채 잠들어 있는 수천 수만의 기억들... 저는 믿어요. 우리의 삶 전체가... 가장 미세하고 부드러운 살결까지 그 안에 보존되어 있다고요. 우리는 아무것도 정말로 잊지 않습니다. 감각하고, 생각하고, 욕망했던 모든 것이, 우리 의식이 처음 깨어났던 그 순간 이후로 줄곧 살아남아 있습니다. 다만 그 기억들은 지금은 유령들처럼, 투명한 상태로 머물러 있을 뿐이지요. 어쩌면 그것들은 빛을 원하고 있을지도 모릅니다. 하지만 스스로 나올 생각을 하지 않습니다. 왜냐하면 그들은 알고 있기 때문입니다. 지금의 나는 행동하는 존재이며, 그것들을 불러오는 데 관심 둘 여유가 없는 생명이라는 사실을 말이죠.

그런데 만약, 어떤 순간에... 제가 현재의 이 자리에서 물러나고, 지금 이 삶에서 벗어나고, 모든 긴장을 내려놓는다면? 갑자기 쓰러진다면? 제가 잠에 든다면? 그 순간 어둠은 동요하고, 어둠 속에서 몸을 일으키며, 고요한 무의식 속에서 웅성이는 듯, 거대한 유령들의 춤이 시작될 것입니다. 그들 모두는 막 열리려는 문을 향해 뛰어오릅니다. 그러나 너무 많기에 모두가 통과할 수는 없습니다. 그렇다면 누가 선택될까요? 낮의 기억들처럼, 이번에도 어떤 선택 기준이 필요합니다. 시야를 채우는 것은 모호한 색의 먼지들, 귀에 울리는 것은 흐릿한 소리들, 몸 전체에 퍼진 건 불분명한 촉각들입니다. 하지만 그와 동시에, 몸 깊은 곳에서 솟아오르는 흔들림은 훨씬 더 많아졌습니다.

이제, 그 많은 유령들 가운데… 빛깔도 없고, 무게도 없고, 의미도 없던 그들 가운데 누가 색과 소리를 입고, 형상과 감정을 입고, 마침내 하나의 장면이 될 수 있을까요? 그것은 이 흐릿한 감각의 먼지를 자기 안에 끌어들일 수 있는 기억, 이 흐릿한 소리와 촉각에 스며들 수 있는 기억, 그리고 무엇보다 지금 이 전반적인 감응의 색조에 어울릴 수 있는 기억일 것입니다. 그리하여 감각과 기억이 만나는 그 지점, 바로 그 순간, 하나의 꿈이 태어납니다. 플라톤을 계승한 철학자 플로티노스는 어느 시구 같은 대목에서, 인간이 어떻게 생명으로 태어나는지를 설명합니다. 자연은 살아 있는 육체들을 구상합니다. 그러나 어디까지나 밑그림일 뿐입니다. 자연만으로는 생명의 완성에 도달할 수 없습니다. 반면, 영혼들은 이데아의 세계에 거주하며, 스스로는 어떤 행위도 하지 못하고, 그럴 의지도 없이, 시간과 공간의 너머를 부유하고 있습니다. 하지만 그 수많은 육체들 가운데는 어떤 영혼의 열망에 모양으로 더 깊이 호응하는 것들이 있고, 그 수많은 영혼들 중에도 어떤 육체 안에서 자신을 알아보는 이들이 있습니다. 자연의 손에서 아직 온전히 생명을 부여받지 못한 육체는, 완성을 가져다줄 영혼을 향해 솟구칩니다. 그리고 그 영혼은, 그 육체를 바라보다가, 마치 거울 속에서 자신을 본 것처럼, 자기 형상을 알아보고, 끌리고, 매혹당한 나머지, 그 안으로 떨어집니다. 그 떨어짐, 바로 그것이 생명입니다. 저는 무의식의 어둠 속에 잠겨 있는 기억들을 이 떨어지는

결코 다시는 좋아질 수 없다. 여러 사람이 나를 긴 의자 위에 눕혀 놓고 나를 치료하지만, 그건 나의 병을 치료하는 것이 아니다. 내가 살아 있는 한 바깥의 필요성으로 남아있는 무기인 불치병을 치료하려는 것이다. 사실 이 둘은 양립 불가능하다. 당분간은 어떤 사안에 대해 확신을 가지고 쓸 수 없을 것이고, 나는 내가 생각해야만 하는 것과 다르게 생각할 것이다. 나는 이런 식으로 나를 배려할 것이다. 아마도 그렇게 하다 보면 내 주변에 어둠이 내릴 것인데, 이 어둠만이 나를 설득할 수 있을 것이다. 나에겐 무심한 밤을 버틸 수 있는 감응성 정신병을… 다르게 말해서 너에게 없는 이딴 종류의 씩씩함을 가지고 있고 말이다.

한 해의 마지막 날이라는… 끈적한 기억의 세계를 구태여 하나씩 꺼내어 보라고 종용하는 시간의 눈초리 앞에서, 나는 얼굴을 감싼다. 후퇴하는 자에게 풍요로운 탐색이란 잘 떨어지는 것… 그러기 위해 필요한 사물은 식탁이 아니라 아무래도 책상일 것이다. 표면 위를 떠다니는 가벼운 추억들부터 탐독하며 향수가 불러일으키는 연민을 견딘다. 그러고는 그것이 지금의 나와 같은 인간에게 무슨 의미가 있을까 따위를 생각하며 천천히 하강하는 가장 무거운 것들에, 아니 빛이 만들어내는 사물의 그림자에, 짙어지는 어둠에 무심히 이마를 대어본다. 고독을 아파하는 대신에 그것을 채우기 위해 오히려 고독해지는 것을 상념하고, 침묵의 곁에 있기를 선택하면서 말이다.

사랑은 우리의 비참함을 드러내는 표지다. 신은 오직 자신만을 사랑할 수 있다. 우리는 오직 자신이 아닌 어떤 다른 것을 사랑할 수 있을 뿐이다. 신이 우리를 사랑한다는 사실은 우리가 신을 사랑해야 할 이유가 아닐 것이다. 신이 우리를 사랑한다는 사실은 우리가 우리 자신을 사랑할 수 있게 하는 근거다. 이 동기가 없다면 어떻게 우리가 우리 자신을 사랑할 수 있겠는가? 인간이 자기 자신을 사랑할 수 있는 길은 이렇게 우회하는 방식밖에 없다. 내 눈이 가려진 채 두 손이 나무 막대에 묶여 있다면, 이 막대는 나를 사물로부터 분리하지만 동시에 나는 그 막대를 통해 사물을 더듬어 알게 된다. 내가 실제로 느끼는 것은 막대뿐이고, 내가 인식하는 것은 벽의 감촉뿐이다. 피조물과 사랑의 능력도 이와 같다. 초월적인 사랑은 오직 피조물에 접촉하지만 그 사랑의 향함은 신에게만 이른다. 사랑하는 것은 오직 피조물뿐이다(우리가 사랑할 수 있는 것이 무엇이 더 있겠는가?), 그러나 그것들을 매개자로서 사랑한다. 따라서 이러한 사랑은 모든 피조물을 동일하게 사랑한다. 자기 자신까지도 포함해서. 이웃을 자기 자신처럼 사랑하라는 것은 곧 반대로, 자기 자신을 낯선 이처럼 사랑하라는 뜻이다. 신에 대한 사랑이 순수해지는 때는 기쁨과 고통이 동일한 정도의 감사의 마음을 일으킬 때다.

사랑은 점점 더 멀리, 더 깊이 나아가려는 경향을 지닌다. 그러나 사랑의 운동에는 한계가 있다. 그 한계를 넘어서는 순간 사랑은 증오로 변한다. 이 변절을 피하려면 사랑은 그 본성을 달리해야 한다. 인간 세계에서는 우리가 사랑하는 이들의 존재만 온전히 실재로 인정된다. 인간이 인간의 존재를 있는 그대로 믿는 것, 바로 그것이 사랑이다. 정신은 어떤 것의 존재도 믿도록 강제되지 않는다(주관주의, 절대적 관념론, 유아론, 회의주의–우파니샤드, 도가, 플라톤이 모두 '정화'의 방식으로 취한 태도이기도 하다). 그렇기에 존재와 접촉할 수 있는 유일한 기관은 받아들임… 곧 사랑이다. 그래서 아름다움과 실재는 동일하며, 기쁨과 실재의 감각 또한 동일하다.

내가 할 수 있는 것이 있다. 이 문장으로부터 무언가를 생각해 보려 했지만, 사실은, 솔직하게 쓰자면, 내가 할 수 있다기보다 꼭 그것이 실증적인 것처럼 믿어야만 하는 것이 있다. 상위 언어의 존재, 혹은 그것에 도달하는 것, 혹은 징후들의 가능성. 한동안 꽉 잡혀있었을지도 모르는 나의 기억은, 나의 언어가 갑자기 풀려버릴 때가 있다. 내가 무엇을 했었는지. 또 무엇을 해야 했는지 순간 놓쳐버린다. 그런데, 다 잃어버리는데, 또 불현듯 돌아온다. 이런 종류의 불편함 때문에 긴 호흡이, 여행이, 약속이 나에게 힘들어져 버렸다. 내게 메시아 신앙이 생겨야만 한다면 바로 이래서다. 도둑맞은 인간은 신성에 위탁할 수밖에, 지복을 구하며 시간에 의거한 결착이 아닌 신비한 결합을 기대하는 것 말고는 다른 도리가 없다. 투쟁적으로 무심하기를 허용하고, 이름을 남기는 행위를 하되, 통상적인 시간 바깥의 시간에서 너무 오만하거나 불손하지 않게 진정한 무언가가 되어감을 향해 다가가는 것이다. 몇몇 인간들이 형식 없는 보편성, 개별적인 것들과 아무런 충돌을 일으키지 않는 통일의 언어에 매혹되었던 이유와도 별반 다를 게 없다, 그들에게 그것이 일종의 신앙심이었다면, 나에게 그것은 단순한 우정일 따름이다.

우리가 사랑하는 것을 '창조자처럼 만들고자 하는 욕구'는 신을 모방하려는 욕구다. 그러나 그 욕구가 향하는 신성은, 우리가 '저편', 곧 하늘의 측면에서의 참된 모형을 참조하지 않는 이상 거짓된 신성이다. 피조물에 대한 순수한 사랑은 신 안에서의 사랑이 아니라, 사랑이 신을 거쳐—불을 통과하듯—변화된 형태다. 이것은 피조물로부터 완전히 분리되어 신에게로 상승했다가, 다시 신의 창조적 사랑과 결합된 채 내려오는 사랑이다. 이때 인간적 사랑을 찢어놓는 두 대립—사랑하는 존재를 있는 그대로 사랑하고자 하는 마음과, 그를 다시 새롭게 만들고자 하는 마음—이 하나로 결합된다. 피조물에 대한 '상상적 사랑'. 우리는 모든 애착 대상에 끈으로 묶여 있으며, 그 끈은 언제든 끊어질 수 있다. 우리는 또한 상상 속의 신, 즉 사랑 자체가 '애착'이 되어버린 그런 신에게도 끈으로 묶여 있다. 그러나 실재하는 신에게는 우리는 어떤 끈으로도 묶여 있지 않다. 그래서 끊어질 끈도 없다. 신은 우리 안으로 들어오며, 오직 그만이 우리 안으로 들어올 수 있다. 그 외 모든 것들은 바깥에 머물며, 우리가 그것들을 아는 방식은 오직 그 끈이 위치 변화에 따라 당기는 장력과 방향의 차이를 느끼는 것뿐이다.

사랑은 실재를 필요로 한다. 육체적 외양을 통해 우리가 사랑해온 존재가 사실은 '상상의 존재'였음을 깨닫는 것만큼 끔찍한 일이 무엇이 있는가. 그 충격은 죽음보다도 훨씬 끔찍하다. 왜냐하면 죽음은 사랑하던 이가 '살았었다'는 사실을 지우지 않기 때문이다. 상상으로 사랑을 먹여온 자가 받는 벌이 바로 이 깨달음이다. 우리가 사랑하는 이들에게, 혹은 그들에게 주고자 하면서, 예술작품이 주는 위로와는 다른 종류의 위안을 구하는 것은 비겁함이다. 예술작품은 단지 '존재한다'는 사실만으로도 우리에게 도움을 준다. 사랑하고 사랑받는 일 역시 서로에게 이러한 존재성을 더 구체적이고 더 지속적으로 마음속에 머물게 할 뿐이다. 그러나 그 존재성은 우리의 '사유의 대상'이 아니라 사유의 근원으로 있어야 한다. 이해받고자 하는 정당한 이유가 있다면, 그것은 우리 자신을 위한 것이 아니라 타자를 위한 것이며, 우리가 그의 세계 안에서 실재할 수 있게 하기 위한 것이다. 우리 안의 비천하거나 하등한 모든 것은 순수성에 반발하며, 자기 생존을 위해 그 순수함을 더럽히려 한다. 더럽힌다는 것은 변형하는 것이며, 손대는 것이다. 아름다움이란 우리가 변경하고자 하는 욕망을 전혀 품을 수 없는 것이다. 권력을 행사한다는 것은 더럽히는 일이고, 소유한다는 것도 더럽히는 일이다. 순수하게 사랑한다는 것은 거리를 허용하고, 사랑하는 것과 우리 사이의 그 거리 자체를 경배하는 것이다.

실체가 없는 질환은 생을 문학으로 만드려 하고...

영혼들에 비유하고 싶습니다. 그리고 우리의 야간 감각은, 이미완의 육체와도 같습니다. 감각은 따뜻하고, 색을 띠고, 떨림이 있으며, 거의 살아 있는 듯하지만, 여전히 불확정적인 무언가입니다. 기억은 완결되어 있지만, 살 없이 공중을 부유합니다. 감각은 자신의 불분명한 윤곽을 담아줄 형태를 원하고, 기억은 자신을 채우고 무게를 부여해줄 물질을 갈망합니다. 그들은 서로를 향해 당깁니다. 그리고 마침내... 그 유령 같은 기억이 피와 살을 지닌 감각 속으로 떨어질 때, 하나의 존재가 태어납니다. 자기만의 생을 살아갈 존재, 하나의 꿈이.

그러니 이제 우리는 이렇게 말할 수 있습니다. 꿈의 탄생이 그리 신비한 일이 아니라고 말이죠. 오히려 그것은 우리가 일상적으로 경험하는 지각의 탄생과 다르지 않습니다. 큰 틀에서 보자면, 꿈의 작동 방식은 지각의 방식과 동일합니다. 우리가 실제 사물을 본다고 느낄 때조차, 우리가 '본다'고 믿는 그 이미지, 곧 감각으로 구성된 표면적 지각은 실은 기억이 그 위에 덧입힌 덩어리에 비하면 극히 일부에 불과합니다. 신문을 읽을 때, 책을 펼쳐볼 때, 우리는 정말로 그 모든 글자 하나하나를 보고 있는 걸까요? 만약 그렇다면, 신문 한 부를 읽는 데 하루 종일이 걸릴지도 모릅니다. 실제로는 각 단어, 심지어 하나의 문장에서조차, 우리는 몇 개의 글자 혹은 몇 개의 특징적인 획만을 보고 나머지를 추정합니다. 그러나 우리는 그것들을 '읽었다'고 믿습니다. 기억은 나머지를 채워넣고, 의식은 그 위에 환영을 덧씌웁니다. 그 환영은 우리가 자초한 것입니다. 우리는 스스로에게 환각을 선사합니다.

이 사실을 증명하는 실험은 많고도 분명합니다. 하나의 실험을 예로 들어보겠습니다. 신문의 어떤 문구를 일부러 철자를 바꾸거나 몇 글자를 아예 생략합니다. 그런 문장을 어두운 방 안에 걸어두고, 실험 대상자는 그것이 무엇인지 모른 채 자리에 앉습니다. 그다음 전등으로 극히 짧은 시간 동안 텍스트를 밝혀주지요. 그 시간은, 개별 글자를 실제로 식별하기에는 턱없이 부족한 시간입니다. 글자 하나를 인식하는 데 필요한 시간은 이미 실험적으로 측정되어 있었기 때문에, 피험자는 보통 30~40자의 문장에서 8자에서 10자 정도밖에 인식할 수 없습니다. 그럼에도 대부분은 전체 문장을 어렵지 않게 읽어냅니다. 하지만 이 실험에서 우리가 정말로 주목해야 할 지점은, 바로 거기가 아닙니다. 관찰자에게 무엇을 보았는지 물어봅니다. 자신이 분명히 보았다고 믿는 글자가 실제로 그 자리에 있었던 경우도 있지만, 전혀 존재하지 않았던 글자일 수도 있습니다. 그 글자는 원래 있던 글자 대신 머릿속에 떠오른 것일 수도 있고 애초에 쓰이지 않았던 것이기도 합니다. 그런데도 관찰자는 그 글자를 '본 것처럼' 말합니다. 왜냐하면 문장의 전체 의미상, 그 자리에 있어야 할 글자였기 때문입니다. 즉,

관찰자의 눈에 실제로 들어온 문자는 기억을 향한 하나의 신호, 하나의 열쇠였던 것입니다. 그 신호를 따라, 무의식의 기억은 자신에게 가장 적합한 문장을 찾아냅니다. 그리고 그 문장은, 아직 쓰이지 않았거나, 일부만 쓰인 그 틈새를 통해 바깥으로 튀어나옵니다. 기억은 외부 세계로 던져지고, 그것은 환각처럼 인식됩니다. 관찰자가 본 것은 실제로 적힌 문장이 아니라, 되살아난 기억입니다.

이로써 우리는 분명히 알 수 있습니다. 읽는다는 것은 일종의 '추정'이며, 그것은 단순한 추상적 예측이 아니라, 기억이 자기 자신을 밖으로 끌어내는 일입니다. 기억은 때로 우연히 발견된 조각들을 계기로, 자신을 완전히 실현하려 합니다. 우리는 그 실현의 순간을 '읽는다'고 부르는 것일지도 모릅니다. 우리가 깨어 있을 때, 눈앞의 실제 사물을 인식할 때조차도, 그 작동방식은 꿈의 구조와 본질적으로 다르지 않습니다. 우리가 실제로 보는 것은 언제나 밑그림에 불과합니다. 그 밑그림은 기억을 향해 손을 내밀고, 잊힌 기억은 그 틈을 타 되살아납니다. 그것은 원래 의식 밖에 있거나, 그저 '생각된 것'일 뿐이었던 존재입니다. 그러나 지금, 현실의 윤곽이 열어준 자리에, 그것은 스스로를 던집니다. 우리가 보게 되는 것은, 현실의 틀 안에 삽입된 하나의 환상입니다. 그것은 실제 사물을 보는 것보다 훨씬 짧고 빠르며, 훨씬 더 효율적인 작용입니다.

기억이 이러한 과정에서 어떤 태도로 작동하는지를 생각해보는 것도 흥미로운 문제입니다. 우리의 기억은 결코 죽은 흔적이 아닙니다. 그것들은 잠든 것이 아니라, 팽팽한 긴장 속에 있습니다. 마치 보일러 속 증기처럼, 언제든 솟구쳐 오를 준비가 된 상태로, 기회만 주어진다면, 현실 속 빈틈을 향해 분출될 수 있는 살아 있는 기억들입니다. 밑그림 하나가 감각 속에 떠오르고, 그것이 기억을 향해 조용한 부름을 건넬 때, 기억들은 마치 하나의 가족처럼 뭉쳐 움직입니다. 형태가 닮은 것들끼리, 의미가 비슷한 것들끼리, 서로를 찾아 몰려드는 것이죠.

병원 침대에 누워 바라본 하얀색 천장과 상상했던 하늘의 푸른빛. 나의 환각과 섬망은 주황색 부리의 호반새. 내가 쪼아댔던 검은 흙과 딱정벌레의 초록 껍질. 내 삶과 죽음 사이의 색과 빛.

이 가설을 암시하는 실험은 기억의 작용을 명확히 보여줍니다. 일상적인 문구가 아닌, 임의로 선택한 개별 단어들을 정확히 써두고, 그것들을 아주 짧은 시간 동안만 보여줍니다. 관찰자는 그 단어를 완전히 인식할 수 없을 만큼 짧은 시간 동안 그것을 봅니다. 그리고 바로 그 순간, 관찰자의 귀에 전혀 다른 뜻을 가진 다른 단어 하나를 외칩니다. 그러면 기이한 일이 벌어집니다. 관찰자는 자신이 본 것이 실제로 적혀 있던 단어가 아니라, 그 소리와 형상이 비슷하고, 동시에 들은 단어와 의미적으로도 연결된 제3의 단어였다고 말합니다. 예컨대, 실험자는 'Tumult(소동)'이라는 단어를 써놓고, 'Chemin de fer(철도)'라는 말을 외칩니다. 그러자 관찰자는 자신이 'Tunnel(터널)'이라는 단어를 보았다고 말합니다. 'Trieste(트리에스테)'라는 지명이 적혀 있고, 'Verzweiflung(절망)'이라는 말이 들려오면, 그는 'Trost(위로)'라는 전혀 다른 단어를 봤다고 대답하죠.

실험의 결과는 이렇게 말하는 듯합니다. '기차'라는 단어가 귀에 들려올 때, 우리 내면에는 그것과 연관된 수많은 기억들이 움직이기 시작한다는 것입니다. 레일, 기관차, 여행, 그 모든 연상의 묶음들... 하지만, 그것들은 아직 그림자일 뿐입니다. 그 중에서 단 하나, 감각이 이미 조금은 형상을 부여하기 시작한 바로 그 기억만이 의식으로 뛰어오릅니다. 우리가 떠올리는 것은 그것뿐입니다. 나머지는 여전히 기다립니다. 실현되지 않은 가능성들로서 말입니다. 이것이 지각의 메커니즘이며, 이것이 곧 꿈의 메커니즘입니다. 두 경우 모두, 한쪽에는 감각이 있습니다. 감각 기관 위에 남겨진 현실의 흔적이 있고, 다른 한쪽에는 기억이 있습니다. 감각 속에 스며들어 그것의 생명력을 빌려, 다시 깨어나려는 과거의 파편들이 있죠.

그렇다면, 우리가 진정 묻게 되는 것은 이것입니다. 현실을 산다는 것과 꿈을 꾼다는 건 무엇이 다를까요? 그 본질적인, 결정적인 차이는 어디에 있을까요? '잠든다'는 것은 도대체 무엇일까요? 물론 저는, 수면의 생리학적 설명을 요구하는 것은 아닙니다. 그 문제는 생리학의 몫이고, 아직 해결되지 않은 논제입니다. 제가 묻는 것은, 수면의 심리적 본질입니다. 정신은 잠든 동안에도 작동합니다. 방금 살펴보았듯, 그 작동 대상은 깨어 있을 때와 크게 다르지 않습니다. 감각과 기억은 서로를 향해 닿으며, 비슷한 방식으로 섞이고 얽힙니다. 그런데도 한쪽은 지각이고, 다른 한쪽은 꿈이죠. 그렇다면 그 경계는 어디서 생겨나는 것일까요?

누군가는 말합니다. 잠이란 외부 세계에서 스스로를 고립시키는 것이며, 사물들에 감각을 닫는 것이라고 말이죠. 하지만 우리는 이미 살펴보았습니다. 우리의 감각은 수면 중에도 활동을 멈추지 않으며, 오히려 대부분의 꿈은 그러한 감각에서 비롯된 인상들, 혹은 그 단상에서 출발합니다. 또 다른 설명은 이렇게 말합니다. "잠든다는 것은 정신의 고등 기능이 멈추는 것이다." 일종의 상위 뇌중추의 마비 상태라고도 하지요. 그러나 저는 그것이 더 설득력 있다고 보지 않습니다. 꿈에서 우리는 분명 논리에 무심해지지만, 논리 그 자체를 잃어버리지는 않아요. 어떤 꿈에서는 탁월한 논증이 펼쳐지기도 하고, 심지어 놀라운 정교함으로 이어지기도 합니다. 저는 감히 이렇게 말하고 싶습니다. 꿈이 어그러지는 이유는, 꿈꾸는 이가 논리를 잃어서가 아니라, 너무 많은 논리를 부여하려 하기 때문이라고. 만약 그가 흐르는 이미지들을 그저 조용히 바라보기만 했더라면, 꿈은 이상하지 않았을 것입니다. 하지만 이미지들 사이에 필사적으로 의미를 부여하려 들고, 그때 만들어지는 설명은... 조각난 파편들을 꿰매려는 이상한 추론이 되어 미끄러집니다. 물론 저는 인정합니다. 수면 속에서 우리의 고등 능력은 이완되고, 꿈의 논증들은 대개 약화된 상태이며, 때로는 추론을 흉내 내는 것처럼 보일 때도 있습니다. 그러나 이는 우리가 잠든 동안의 다른 기능들 역시 마찬가지입니다. 그러므로 꿈이란, 감각이 닫히거나 이성이 꺼지는 것으로 설명될 수 없습니다. 우리는 그것을 말해줄 다른 무엇, 보다 근본적인 것을 찾아야 합니다. 무엇보다 필요한 것은, 사실에 닿는 친밀한 접촉입니다. 자기 자신을 대상으로 한, 단 한 번의 결정적 실험... 그것이 필요해요. 우리는 꿈속에서 자신을 분석할 수는 없을 것입니다. 하지만 꿈에서 막 깨어나는 그 순간, 의식이 수면에서 삶으로 넘어가는 그 미묘한 틈을 기다려 포착하고, 그것을 가능한 한 가까이에서 붙잡아야 합니다. 그리고 그 전이의 감각을, 그 체험의 흔적을, 말이라는 것으로 어떻게든 옮겨보려 해야 합니다.

질문... 누구를 싫어하나요? 대답... 미사여구가. 단어를 좋아하는, 단어가 문제가 되지 않는, 단어에 움품진 빈 곳. 사람. 여기서 빈 곳이란 소리가 나는 곳이란 뜻입니다. 떨어지는 부스러기 하나 없는, 언어가 특별히 문제가 될 것이 없다고 생각하는 사람을 싫어합니다. 자기 언어를, 자기의 성을, 자기 국적을, 자기 지역을, 자기 종교를, 자기 위상을, 자기 사회적 요소를, 자기 정치를, 자기 관계를, 자기 지식을, 자기한테만 시의적절한 것을 좋아하는 사람을 싫어합니다.

LA C

전

HUTE

리

지금 우리에게는 시간이 턱없이 부족합니다. 그래서 저는 서론을 생략하고 곧장 질문의 심장부로 들어가고자 합니다. 하나의 꿈이 있습니다. 저는 사물들을 알아차립니다. 하지만 그곳에는 아무것도 없습니다. 저는 사람들을 봅니다. 그들에게 말을 건다고 믿고, 그들이 제게 대답하는 소리까지 듣습니다. 하지만 아무도 없고, 저 역시 아무 말도 하지 않았습니다. 모든 것이 실제의 사물, 실제의 사람들이 거기에 존재하는 듯 펼쳐지지만, 눈을 뜨는 순간, 사람도 사물도 함께 사라집니다. 어떻게 그것이 가능할까요? 하지만 먼저 이렇게 여쭙고 싶습니다. 정말로, 아무것도 없는 것이 사실일까요? 제가 말씀드리고자 하는 것은 이것입니다. 감각적인 어떤 질료가, 우리가 깨어있지 않은 순간... 잠든 순간에도 우리의 눈과 귀, 그리고 손끝을 통해 우리 앞에 드러나고 있는 것은 아닐까요?

자유는 논변의 대상이거나, 쟁취할 수 있는 무언가가 아니라 그저 기분 좋은 독립심의 느낌일 뿐이다. 자유는 영원히 가까워지면서 멀어지는 미래라는 규율에 한없이 예속되어 있겠다는 지극히 내밀한 용기와 관련된다. 그래서, 일상은 어둠 속에서 다소간 잠시 반짝이고 다시금 휘발할 자유에 대한 믿음의 표현적 도식들이어야 한다.
보들레르는 천재의 음악은 듣는 이에게 스스로에 대해 이야기하고, 듣는 이는 음악에 통합된다고 주장했는데, 사실 음악을 만들어냈던 그들은 내밀한 자기 토로의 주체가 되기를 원치 않았을 것이다. 모호하고 막연한 메아리를 굳이 선택하게 된 자들에게 음악은 말해지지 않는 것을 굳이 써서 말하고 싶지 않은 마음의 형식일 따름이다. 모든 자전적인 것과 거리를 두면서, 자신의 심오한 진실을 교리로 들려주는 것이 아니라 신비로운 삶을 가능케 할 최고의 비밀을 흘러넘치게 드러내는 것. 그렇지만 쓰는 자는 그 점을 미처 알지 못한다.

눈을 감고, 우리의 시야 안에서 일어나는 일을 찬찬히 들여다보도록 하죠. "아무 일도 없습니다, 아무것도 보이지 않아요"라고 대답하실 겁니다. 그것은 자기 자신을 유의미하게 관찰하기 위해선 어느 정도의 습관이 필요하기 때문입니다. 주의를 기울이는 약간의 연습을 통해 사람들은 서서히 아주 많은 것들을 구별하게 됩니다. 처음엔 대개 검은 바탕이 보입니다. 그 표면으로 가끔 반짝이는 점들이 떠오르고 사라지고, 위로 올랐다가 아래로 내려오며, 느릿하고 장엄하게 움직입니다. 좀 더 흔히 나타나는 건 형형색색의 얼룩들입니다. 때로는 매우 희미하지만, 어떤 사람들에겐 현실이 결코 보여주지 못할 만큼 찬란한 빛을 발하기도 하지요. 그 얼룩들은 퍼졌다 좁아지며, 끊임없이 형태를 바꾸고, 색을 바꾸고, 서로를 덮치듯 겹쳐갑니다. 변화는 때로 점진적이고 느리지만, 어떤 순간엔 아찔할 정도로 빠른 회오리처럼 휘몰아칩니다. 이 환영의 장면들은 어디서 오는 걸까요? 생리학자들과 심리학자들은 오래전부터 이 색의 유희를 관찰해왔습니다. 빛에 노출된 눈 자체에서 유발되는 잔상, 시야에 보이는 색깔 무늬와 반점, 눈 안에서 느껴지는 번쩍임... 그것을 망막 안의 미세한 혈류 변화, 혹은 감긴 눈꺼풀이 안구를 누르면서 생기는 시신경의 기계적 자극으로 설명합니다. 그러나 그 이름이 무엇이든, 그 설명이 무엇이든, 그것은 중요한 게 아닙니다. 이 현상은 누구에게나 찾아오는 것이며 바로 이 현상이, 우리가 꿈을 만들어낼 때 사용하는 가장 근본적인 재료, 우리가 그 위에 우리의 꿈을 재단하는 본체가 되는 것입니다.

어떤 이들은 잠에 빠져들기 직전, 꿈틀대던 색의 얼룩들이 어느 순간 형태를 고정하고, 선명한 윤곽을 띠며, 마침내 꿈속에서 등장할 사물과 사람들의 모습으로 굳어간다는 사실을 포착한 바 있었습니다. 최근에는 어떤 이가 조금 더 엄밀한 방식을 제안했지만, 그 방법은 일종의 훈련을 요하기에 쉽게 따라하기는 어렵습니다. 그가 제안한 방식은 요컨데 이렇습니다. 아침에 잠에서 깨어날 때 눈꺼풀을 그대로 감은 채, 시야에서 사라지려는 꿈의 마지막 장면을 잠시 붙잡아둡니다. 그렇게 하면 꿈 속의 형상과 사물들이 서서히 눈 안에서 느껴지는 번쩍임 속으로 스며들고, 그것은 우리가 눈을 감았을 때 실제로 지각하는 색의 얼룩과 점차 하나가 됩니다. 이를테면, 꿈속에서 신문을 읽고 있었다고 해봅시다. 이것은 꿈입니다... 눈을 뜨는 순간, 그 신문의 뚜렷했던 활자는 희미한 흰 얼룩으로 흩어지고, 이곳저곳에 검은 선들이 남습니다. 그것이 현실입니다... 혹은, 여러분께서 한없이 펼쳐진 바다 위를 떠다니는 꿈을 꾸었다면... 노르스름한 회색 파도들이 지평선 너머까지 이어지고, 간간이 하얀 포말이 그것들을 감싸고 있었다면, 깨어난 뒤 그 장면은, 노란색과 회색이 섞인 커다란 얼룩, 그 안에 점점이 흩뿌려진 반짝이는 점들로 변해 있을 것입니다. 그 얼룩은 실제로 존재했습니다. 그 점들도 마찬가지였습니다. 결국 잠든 사이, 우리의 감각은 실재하는 시각의 먼지를 포착했던 것이며, 바로 그 먼지야말로 우리의 꿈을 빚어낸 재료였던 것입니다.

이런 감각들만으로 꿈이 형성될 수 있을까요? 아직 시각이라는 범주를 벗어나지 않은 상태에서 말씀드리자면, 우리는 지금까지 살펴본 내적인 시각 감각들에 더해, 외부 세계로부터 여전히 끊임없이 우리에게 도달하고 있는 감각들도 함께 고려해야 합니다. 눈을 감고 있어도, 우리의 눈은 빛과 어둠을 구분할 수 있고, 어느 정도까지는 서로 다른 종류의 빛을 구별할 수 있습니다. 이러한 외부로부터 오는 빛의 감각들이 많은 꿈들의 시발점이 됩니다. 예를 들어, 방 안에서 누군가 갑자기 촛불을 켜면, 수면이 그리 깊지 않은 사람은 불꽃이나 화염, 불길에 휩싸인 장면이 지배하는 꿈을 꾸게 되지요.

나는 내가 사랑했던 것들을 사랑하는데, 그것은 단지 어떤 것이라기보다는, 혹은 어떤 사람이라기보다는... 나는 사랑을 사랑하고, 내가 모든 것에 대해 했던 경험을 사랑한다. 그러니까 사실 나는 모든 것을 간직하고 싶다. 그렇지만 내가 경험하는 것을 사랑하는 느낌을 가질 때는 아주 드물다. 그러나 과거의 모든 것을 내가 정말로 사랑했던 것 같아서, 다시 쓰이고 재확인될 필요가 있다. 삶의 어떤 순간에 대해서도 "그걸 경험하지 않았으면 좋았을걸!"이라는 말을 하고 싶지 않은 그런 성격을 가지고 있어서, 그런 의미에서, 나는 늘 반복한다. 내 욕심은 책을 만들거나, 예술 작업을 하거나, 철학을 하는 것보다 신경증적으로 기억을 간직하는 것에 더 가깝다. 그런 나에게 남아 있는 집요함이란 마치 태생동물의 울부짖음과도 비슷한데, 소리 나지 않게 목 놓아 부르는, 욕망으로 들어 올린 상소의 손, 과잉의 형상이다. 잃어버리는 자는 끊임없이 자신이 잃어버리는 것을 쓴다. 십자가는 단지 죽음의 사건이 아니라, 또는 정물화적 묘사가 아니라 원형적 상징이다. 나는 최면에 걸린 듯 이따금씩 뒤로 넘어지며 퇴행하고야 말 것이다.

레옹은 알렉산드리아의 극장이 불타고 있는 꿈을 꿉니다. 불꽃이 온 거리 일대를 환하게 밝힙니다. 그는 순식간에 자신이 영사관 광장의 분수 한가운데로 옮겨졌다는 것을 느낍니다. 불길은 그 분수를 둘러싼 거대한 기둥들을 연결하는 사슬 위로 길게 뻗어 있습니다. 이어 그는 파리의 박람회장으로 자리를 옮기는데, 그곳 역시 불타고 있습니다... 그는 가슴 아픈 광경들을 지켜보며, 갑작스러운 놀람 속에 잠에서 깨어납니다. 그 순간 그의 눈은 마침 순찰 중이던 수녀가 침대 쪽으로 돌린 랜턴의 불빛을 그대로 받고 있었습니다... 베르트랑은 자신이 한때 복무했던 해병대에 다시 입대한 꿈을 꿉니다. 그는 포르드프랑스, 툴롱, 로리앙, 크림 반도, 콘스탄티노플을 여행하며, 번개를 보고 천둥을 듣습니다. 그리고 마침내는 대포의 포구에서 불이 터져 나오는 전투에까지 이르게 됩니다. 그는 놀란 채로 잠에서 깨어났고, 레옹처럼 그 또한 수녀의 랜턴에서 뿜어진 빛의 줄기에 의해 잠에서 깨게 된 것이었습니다... 이렇듯 꿈은 종종 현실에서 갑작스레 들어온 빛 한 줄기에 의해 불붙는 법입니다. 부드럽고 지속적인 빛, 이를테면 달빛과 같은 빛이 유도하는 꿈은 앞서 살펴본 강렬하고 갑작스러운 빛이 만들어내는 꿈과는 전혀 다른 양상을 띱니다. 어느 날 아침, 크라우스는 잠에서 깨어난 직후에도 여전히 두 팔을 뻗은 채, 꿈속에서 보았던 한 젊은 여인의 형상을 붙들고 있었다고 회상합니다. 그런데 그 여인의 형상은 점차 보름달의 이미지와 섞여가더니, 결국 자신에게 빛을 던지고 있던 달빛으로 녹아들었다는 것입니다. 놀라운 건, 이와 비슷한 꿈을 꾸는 이들이 많다는 사실입니다. 달의 빛이 조용히 자는 이의 눈을 어루만질 때, 그 빛은 정숙한 형상들을, 마치 소환되듯 꿈속에 떠올리게 합니다.

L

TOUC

접

E

CHER

촉각에 대해서는 청각보다 훨씬 더 많은 이야기를 나눌 수 있겠지만, 이 자리에서는 길게 머물 수 없으니 축약해 말씀드려 보겠습니다. 수면 중에도 우리의 촉각은 계속해서 작동합니다. 물론 흐릿하고 혼란스러운 방식이지만 말이지요. 그런데 이 촉각은, 꿈 속 시야를 가득 채우고 있는 이미지들 사이로 문득 침입해와, 그 이미지를 자신만의 방식으로 바꾸거나 재배열합니다. 예를 들어, 밤중에 우리의 몸이 얇은 옷감에 닿는 감각이 갑작스레 인식되는 경우가 있습니다. 그 순간 우리는 '아, 내가 얇은 옷을 입고 있구나'라는 감각을 되찾습니다. 만약 이때 우리의 꿈이 거리 위를 걷는 장면이었다면, 우리는 그 얇은 옷 그대로 행인들 앞에 서 있고, 놀랍게도 그 누구도 그 광경을 이상하게 여기지 않습니다. 꿈속의 우리는 때로 당황하지만, 정작 주변 인물들은 아무런 반응도 보이지 않습니다. 이런 식의 꿈은 많은 사람들이 반복해서 꾸는 꿈이기에 제가 예로 든 것입니다. 또 하나의 예를 말해 보겠습니다. 아마도 여러분 중 많은 분들이 이 경험이 있으실 텐데요... 바로 공중을 부유하는, 혹은 허공을 날아다니는 느낌을 받는 꿈입니다. 한 번 이 꿈을 꾼 사람은, 언젠가 반드시 그것을 다시 경험하게 될 것입니다. 그리고 그 꿈이 다시 찾아올 때마다 우리는 속으로 이렇게 생각하곤 하지요. "그래, 지금까지는 단지 하늘을 나는 꿈을 꾸었을 뿐이야. 그런데 이번엔 달라. 이번엔 진짜야. 이제 나는 중력을 초월할 수 있다는 걸 알게 되었어." 그런데 만약 이 꿈에서 갑작스레 깨어난다면, 그리고 그 직후에 차분히 분석할 수 있다면, 여러분은 그 꿈이 어떻게 생겨났는지를 금세 이해할 수 있을 겁니다. 여러분은 분명히 발이 땅에 닿지 않았다는 것을 선명하게 느꼈을 것입니다. 하지만, 스르로 누워 있다는 사실을 망각한 채 깨어 있다고 믿고 있었기에, '발이 지면에 닿지 않는데 나는 분명 깨어 있다'는 전제에서 출발해 '나는 떠 있다'는 결론에 도달한 것이지요... 흥미로운 사실이 하나 더 있습니다. 비행의 꿈에서, 우리는 언제나 한쪽으로만 날아가려고 애씁니다. 그리고 그 순간에 깨어나면, 그 비행의 방향과 노력이 가해졌던 쪽이 바로 우리가 몸을 기댄 쪽이라는 걸 알게 됩니다. 침대에 닿은 몸의 한쪽이 압력을 느끼고 있었고, 이 실제 감각이 '나는 한쪽으로 날기 위해 힘쓰고 있다'는 착각과 정확히 겹쳐졌던 것입니다. 이렇게 해서, 원래는 단지 압박의 감각이었던 것이 '노력하는 감각'으로 변형되고, 공중을 떠다닌다는 환영과 합쳐지며, 마침내 하나의 꿈이 만들어지게 되는 것입니다.

하루하루를 잊지 않고 찾아오는 날들을 견디어내려면, 특히나, 갑자기 그런 날들이 나에게 사라질 수도 있음을 말하며 슬그머니 다가와 몸을 웅크리는 그런 날들이라면, 무엇이든 좋으니 단 한 가지의 대상을 정하여 그것에 여러 시간을 골똘히 매달리는 것보다 더 나은 일은 없을 것이다. 며칠 동안 내 머릿속이 증기로 가득 차 있다. 어려운 하나의 행복이 불쑥 들어왔다가 다시 문을 열고 나간 침묵 안에서, 내 주위를 에워싼 기억들이 만들어내는 깊은 상념. 그것만큼이나 어두운 밤 중의 밤에 귀를 기울이는 것. 진정한 밤에 조금 더 깊숙이 잠수하는 것만으로는 충분치 않을, 혼자서 중얼거리는 이런 생각이 습관이 될 것 같기도 한데, 이때 습관이라는 말은 사랑이란 말과 동의어일 수 있을까? 그런데 나는 꽤 이 습관을 간간이 행해왔던 것이었다.

압박의 감각이 우리의 시각 영역까지 흘러 올라와, 그 안에 떠다니는 빛의 먼지를 빌려 형태와 색으로 옮기는 과정을 살펴보는 일은 무척이나 흥미롭습니다. 어떤 이는 언젠가 이상하면서도 꽤 불편한 꿈을 꾸었다고 고백합니다. 그는 꿈에서 금화가 수북이 쌓인 두 개의 무더기를 마주하고 있었고, 그 무더기들은 나란히 놓여 있으나 높이가 달랐습니다. 어떤 이유에선지 그는 이 둘을 같은 높이로 맞추고 싶은 마음이 들었고, 그 일이 도무지 뜻대로 되지 않아 점점 조급하고 불안한 마음이 커졌습니다. 결국 불안감이 극도로 커져... 마침내 그 불안에 의해 잠에서 깨어나게 됩니다. 그제야 그는 한쪽 다리가 이불 주름에 눌려 고정되어 있었고, 그 탓에 양 발의 높낮이가 달라졌으며, 서로 가까이 두는 것이 불가능한 상태였음을 알아차립니다. 양쪽이 맞지 않는 신체 감각의 느낌은 그의 시각 공간 속으로 침입했고, 아마도 그 순간 시야 속에 떠 있었던 하나 혹은 그 이상의 노란 얼룩들과 맞물리며, 두 금화 무더기의 불균형한 모습으로 이미지화되었던 것입니다. 결국 이 사례는, 꿈속에서 우리가 겪는 촉각적 감각들 속에, 그것들이 '시각적 형상'으로 변형되어 꿈의 세계 안으로 스며들려는 고유한 경향이 이미 깃들어 있음을 보여줍니다.

여기서... 일반적으로 말하는 촉각보다 더 깊고 중요한 감각이 있습니다. 바로 내부에서 일어나는 촉각. 다시 말해 우리 몸 곳곳, 특히 장기에서 솟아오르는 깊은 감각들입니다. 우리는 이 감각들이 잠든 동안 얼마나 섬세하고 날카로워질 수 있는지를 거의 인식하지 못합니다. 물론 깨어 있을 때에도 이 감각들은 존재했을 것입니다. 하지만 일상 속에서 우리는 끊임없는 실천 속에 휘말려 있고, 우리 자신 바깥에서 살고 있습니다. 반면 잠은 우리를 내면으로 되돌려 놓습니다. 그래서인지 후두염이나 편도염을 앓는 이들 가운데, 꿈속에서 다시 그 병이 도지는 듯한 감각을 경험하고, 목 깊숙한 곳에서 찌릿한 통증을 느끼는 경우가 자주 있습니다. 하지만 눈을 뜨고 나면 아무런 증상이 없기에, 그들은 그것을 단순한 환상이라 여깁니다. 그런데 몇 시간 후, 그 환상이 현실이 되어 다가오는 경우가 많습니다. 실제로 간질 발작이나 심장 이상 같은 중대한 질환이 꿈속에서 미리 예고된 경우들도 존재합니다. 그러니 쇼펜하우어가 꿈을 자율신경계의 진동이 의식 안에 되비치는 현상으로 보았다는 사실이 놀랍지 않습니다.

여름의 공간, 낮보다 짧은 밤의 평온 속에서 나는 존재에 문제를 제기한다. 그러고는, 일어난 일에 놀라곤 한다. 예상과는 달리 기억이 사라진다. 그리고, 다시 나타난다. 죽음과 동시에, 더불어, 정신의 삶이 시작되는 것이다. 흔들림에 다다르는 순간을 나는 기다리고, 그때 비로소 작품을 제대로 만들 수 있다. 아직, 다가오는 것들 속에서만 나는 진실될 수 있고, 위험에 올려두는 긴장 속에 진짜 삶이 있을 수 있다. 나는 냉소적으로 고독을 다듬는다. 나는 나를 지키고 있고, 그러면서 아마도, 내 작품보다 조금 더 멀리 갈 것이다. 내 작품은 이따금씩 밤의 이름으로 밝을 것이다. 언제나 숨어있기에, 언제나 살아있고 그래서, 나는 괜찮다. 어둠은 낮 속으로 들어가고, 언제나 그렇듯, 낮은 돌아온다. 여름과도 같이, 낮은 밤보다 길다.

지금까지의 이야기를 간단히 정리해보겠습니다. 우리가 자연스럽게 잠들어 있을 때, 흔히들 상상하듯이 우리의 감관이 외부 세계를 향해 완전히 닫혀 있다고 생각해서는 안 됩니다. 우리의 감관은 여전히 깨어 있습니다. 물론, 그 민감함과 정확성은 떨어질 수 있습니다. 하지만 대신, 깨어 있을 때는 지나쳐버렸던 수많은 주관적인 인상들이 꿈속으로 스며들어옵니다. 낮 시간에 우리는 모든 이에게 공유되는 지각의 세계 속에서 살아가지만, 잠에 들면 우리는 다시 우리 자신의 내면으로 회귀하게 됩니다. 그 순간, 낮에는 침묵했던 감각들이 다시 속삭이기 시작합니다. 그러므로 잠은 감각의 폐쇄가 아니라, 오히려 감각 작용의 재조정이며, 어떤 방향으로는 그 범위를 넓혀가는 과정이라 할 수 있습니다. 물론 이 확장은 긴장과 에너지를 잃은 채 이루어지기에, 그 감각들은 흐릿하고 모호합니다. 그 모호한 감각들이 우리의 꿈을 짓기 위한 질료가 됩니다. 하지만 그것은 어디까지나 재료일 뿐, 꿈 자체를 만들어내는 원리는 아닙니다.

이 감각들만으로는 꿈을 빚어낼 수 없습니다. 그것들은 너무도 모호하고, 형상을 갖지 못했기 때문입니다. 특히 꿈에서 중심적 역할을 하는 색채와 형태들... 우리가 눈을 감았을 때 그 안쪽 시야를 떠도는 색의 흐름들... 이러한 것들조차도 뚜렷한 경계선을 가지지 않습니다. 이를테면, 흰 배경 위로 검은 선들이 몇 개 떠오릅니다. 그것은 꿈속에서 책의 한 페이지가 될 수도 있고, 짙은 셔터가 달린 건물의 정면 모습이 될 수도 있습니다. 무엇이든 될 수 있어요. 그 많은 가능성들 사이에서, 무엇이 하나의 모습을 결정지을까요? 이 부유하는 감각의 흐름에 어떤 힘이 형상을 부여할까요? 바로 기억입니다. 기억이 형태를 결정하고, 감각을 조직하며, 모호함에 윤곽을 부여합니다.

먼저 기억해야 할 것은 이것입니다. 꿈은, 일반적으로 말해서, 무언가를 창조하지 않습니다. 물론 때때로 꿈속에서 무언가 예술적이거나 문학적, 혹은 과학적인 것이 탄생했다고 전해지는 사례가 있습니다. 가장 유명한 일화는 타르티니의 이야기일 것입니다. 그는 작곡에 애를 먹다가 어느 날 잠이 들었고, 꿈속에서 악마가 그의 바이올린을 들어 그가 원하던 소나타를 마치 기적처럼 연주해주었다고 합니다. 타르티니는 그 곡을 깨어난 직후 기억을 되살려 써내려갔고, 그것이 오늘날 '악마의 소나타'로 전해지지요. 하지만 이런 이야기들은 언제나 전설과 사실의 경계 위에 놓여 있습니다. 우리가 신뢰할 수 있는 자기 관찰의 기록이 필요합니다. 영국의 소설가 스티븐슨은 『꿈에 대한 장』이라는 탁월한 수필에서, 자신의 여러 단편이 꿈속에서 쓰였거나 꿈으로부터 시작되었다는 이야기를 아주 정교하게 풀어냅니다. 하지만 글을 면밀히 읽다보면, 그가 꿈과 현실의 경계가 희미해진 심리 상태 속에 있었다는 고백을 하게 되는 것을 알게 됩니다. 바로 여기에 진실이 있습니다. 진정한 창조가 일어난다는 것, 즉, 어떤 문제를 극복하거나 예술작품을 형상화할 수 있을 만큼의 조직화된 정신 활동이 가능하다는 것은 우리가 진정으로 자고 있는 상태와는 다르다는 뜻입니다. 혹은, 적어도 우리 안의 활동하는 그 부분은 잠든 자아와는 다른 층위에 있다는 뜻이지요. 그렇기에 그것은 꿈이라 부를 수 없습니다. 온전한 수면, 즉 우리가 우리 자신 전체로 잠들어 있는 그 상태에서는, 꿈을 구성하는 모든 것은 언제나 기억입니다. 그러나 그 기억을 우리는 종종 알아보지 못합니다. 그것은 오래전 사라졌던 단상일 수도 있고, 낮 동안 무의식적으로 스쳐 지나간 인상의 잔재일 수도 있습니다. 혹은, 산산이 흩어진 조각들이 뒤섞여 우리가 알아볼 수 없는 이미지의 덩어리가 되기도 하지요. 그리고 그 낯설고 모호한 장면 앞에서... 이해할 수 없는 이미지의 배열 앞에서... 우리의 정신은 의미를 찾아내려 애씁니다. 꿈속에서조차 우리의 지성은 완전히 침묵하지 않습니다. 오히려 그 공백을 채우기 위해 또 다른 기억들을 불러오고, 그 기억들 또한 일그러진 채 돌아와 또 다른 설명을 요구하게 됩니다. 그렇게 꿈은, 끝없이 이어지는 보완과 치환의 과정 속에서, 무수한 잔상들을 쌓아갑니다. 꿈속에서 우리가 경험하는 모호한 감각들, 시각과 청각, 신체의 안팎에서 솟아오르는 불확정적인 자극들, 그것들에 형태를 부여하고, 그것들을 분명한 대상으로 바꾸는 힘이 있습니다.

작품은 언제나 작가의 기획에 대한 최고의, 그리고 유일한 표현으로 존재한다. 만일 작가가 더 간단한 정의를 제공할 능력을 가졌거나, 그의 긴 글을 명료한 언어로 된 어떤 메시지로 줄일 수 있는 능력을 갖췄다면, 작품에 대한 정당성을 제시하기 위해 작품의 기능을 단어 수준으로 설명할 수 있었다면 책을 쓸 필요를 느끼지 못했을 것이다. 예술의 기능은 진실(혹은, 심지어 질문)을 묘사하는 것이 아니라, 아직 특정한 질문(그리고, 아마도, 시간이 지나면, 특정한 대답)을 세상으로 가져오는 것이기 때문이다. (...) 특정한 형용사를 거부하고, 특정한 방식으로 단락이 구성될 필요성을 작가는 느낀다. 작가는 적절한 단어를 찾기 위해, 그리고 그 단어를 적을 장소를 찾기 위해 온 힘을 쏟는다. 하지만, 그것의 필요성에 대해 작가는 어떤 증거도 제시할 수 없다. 다만 그는 왜 그것을 쓰고 싶었는지 알아내기 위해서 쓸 뿐이다. 산다는 것과 글을 쓰는 것 사이에 항상 정립되어 있는 관계의 일반화된 모호성에 머물며, '미래' 혹은 '넘어섬'이라는 은유로 현현하는 비밀을 실현할 책임을 떠맡는 어떤 강박과 엄격함에, 그러면서도 모호하고, 변덕스럽고, 조심스럽고, 암묵적이고, 간접적이고, 우회적이며, 복합하고, 암시적인 우정의 마음으로부터 환대와 격려가 오는 것은 아닐까. 다시 읽어야 할 필요가 있는, 혹은 조금 더 낫게, 아니면 조금 더 참을성 있게, 그리고 용기를 가지고 읽어야 할 것들만이 있을 뿐이다.

LE DÍ

섬

ÉLIRE

망

꿈꾸는 나는 한 회의장에서 연설을 하고 있습니다. 공산주의 활동가들의 정치 집회... 정치적인 연설. 그런데 청중석 깊은 곳에서 낮은 소란이 일어납니다. 웅성거림은 점점 커지고, 금세 으르렁거리는 듯한 울림이 되며, 마침내는 광란의 고함으로 번져갑니다. "내보내라! 내보내라!" 규칙적인 리듬에 맞춰 사방에서 들려오는 구호. 그 순간, 꿈에서 깨어납니다. 가까운 곳에서 개가 짖고 있었고, 그 짖음... "왈, 왈"... 이 소리가 꿈속 구호와 하나가 되어 섞여 있었던 것입니다. 이제, 바로 그 찰나, 그 아주 미세한 경계를 포착해야 합니다. 막 깨어난 '나'는 아직 사라지지 않은 '꿈의 나'를 향해 몸을 돌려, 잠시나마 그를 붙잡아야 합니다. "들켰어. 너... 사람들의 외침을 듣고 있었다고 생각했지? 그런데 사실은 개가 짖고 있었을 뿐이야. 대체 무슨 짓을 하고 있었던 거야?"

꿈의 나는 이렇게 대답합니다.

"나는 아무것도 하고 있지 않았어. 바로 그 점에서 너와 나는 달라. 너는 개가 짖는 소리를 들을 때 아무 일도 하지 않는다고 생각하겠지만, 실은 네가 엄청난 노력을 하고 있었던 거야. 너는 네 전체 기억, 너의 모든 과거를 소환하고, 그 엄청난 기억의 무게를 하나의 지점으로 집중시켜야 해. 네가 듣는 그 소리와 가장 잘 맞는 기억 하나를 정확히 끼워 넣기 위해서. 그리고 그 기억과 소리 사이에는 약간의 오차도 있어서는 안 돼. 이 정밀한 맞춤... 이 완벽한 조율은 네 기억과 지각이 팽팽히 긴장하고 있을 때만 가능해. 마치 양복장이가 너의 몸에 천을 덧대고 핀으로 고정하듯, 감각과 기억을 딱 맞추는 거야. 그러니 너는 깨어 있는 동안, 쉬지 않고 거대한 노동을 수행하고 있는 셈이야. 아무 일도 안 하고 있다고 느낄 때조차 너는 끊임없이 선택하고, 끊임없이 배제하고 있어. 수면 중 돌아오는 수많은 주관적 감각들을 버리고, 현재의 상태와 정확히 들어맞지 않는 모든 기억들을 밀어내고 있지. 이 정교한 선택, 이 끝없는 조정이야말로 우리가 '판단력'이라 부르는 것의 가장 본질적인 조건이야. 하지만 그 판단력이라는 건 참으로 지치는 일이야. 너는 그 긴장을 직접 느끼지 못하겠지. 대기압을 피부로 느낄 수 없듯이. 하지만 결국 너는 지치게 될 거야. 분력력을 갖는다는 건, 사실 참 피곤한 일이거든."

"좋아. 다시 말하지만, 내가 너와 다른 점은 바로 이거야. 너는 끊임없이 삶을 향해 수고하고 있지만, 나는 그 수고를 완전히 멈추었어. 나는 삶으로부터 매달리지 않아. 나는 조용히 물러나. 모든 것이 점점 무의미해지고, 모든 일은 내게서 멀어져. 관심을 거두는 거야. 잠든다는 것... 그것은 무관심해지는 일이야. 우리는 무관심해진 만큼 잠들게 되지. 아이 옆에서 자는 어머니를 떠올려 봐. 천둥 소리에도 잠에서 깨지 않지만, 아이가 조용히 한숨 쉬는 소리엔 금세 눈을 뜰 거야. 그녀는 정말 아이에게 '잠들어 있었던' 걸까? 우리는 여전히 마음을 두고 있는 것에 대해선 잠들지 않아."

"내가 꿈을 꿀 때 무엇을 하느냐고? 그보다 내가 말해줄게. 네가 깨어 있을 때, 너는 무엇을 하고 있는지 아니? 너는 나를... 꿈의 나를, 너의 모든 과거인 나를 단속하고 또 단속해서, 지금 이 순간 네가 하고 있는 행동의 아주 조그만 원 안으로 나를 가둬버리고 있어. 그게 바로 '깨어 있음'이야. 그것이 바로 심리적으로 살아 있는 상태이고, 그것은 곧 싸움이며, 의지하는 일이지. 그런데 꿈이 무엇인지에 관해 정말로 설명이 필요할까? 꿈은 네가 스스로를 내버려두는 순간 도달하게 되는 자연스러운 상태야. 오직 하나의 점에 집중하는 힘이 더는 없을 때, 다시 말해, 네가 더는 의지하지 않을 때, 너는 곧장 그 상태로 흘러들어가는 거야. 오히려 설명이 필요한 것은 매 순간, 거의 무의식적으로, 네 안에 있는 모든 것을 단 하나의 지점, 지금 너의 삶에서 의미를 두는 그 지점에 집중시키는 그 놀라운 의지의 작동 방식이야."

그게 바로 꿈속의 나, '꿈의 자아'가 우리에게 전하려는 말이에요. 아마 우리가 그를 더 오래 말하게 내버려뒀다면, 그는 더 많은 것을 이야기했을지도 몰라요. 하지만 이제 시간이 다 되었으니, 그 긴 대화에서 오직 하나, 꿈과 깨어 있음 사이를 가르는 본질적인 차이 하나만 뽑아 정리해보도록 하죠. 꿈속에서도 우리는 여전히 같은 능력들을 사용합니다. 깨어 있을 때와 마찬가지로요. 다만, 하나의 차이가 있다면 그것은 긴장과 이완입니다. 꿈은 정신 전체가 그대로 작동하지만, 긴장도 없고, 노력도 없고, 육체적 움직임도 사라진 상태예요. 우리는 여전히 지각하고, 기억하고, 사고합니다. 어떤 때는 오히려 꿈에서 이 모든 것이 더 풍부하게 일어나요. 왜냐하면 정신의 세계에서 풍부함은 노력이 아니기 때문입니다. 진짜 노력이 필요한 건 단 하나, 조율의 정밀함이에요. 개 짖는 소리를 회중의 웅성거림이나 외침으로 착각하는 건 너무도 쉽죠. 하지만 그 소리를 '개가 짖는 소리'로 정확히 듣기 위해선, 거기엔 실제로 집중된 노력이 필요합니다. 바로 그 힘이, 꿈꾸는 이에게는 없어요. 바로 그 지점에서, 오직 그 지점에서만, 꿈꾸는 자와 깨어 있는 사람이 나뉘는 것입니다.

이 본질적인 차이로부터 우리는 더 많은 것을 풀어낼 수 있을 것입니다. 이제 우리는 꿈이 가진 주요한 특징들을 훨씬

섬망으로 나의 세계가 사라질 뻔 했을 때... 죽음이 나를 초대하는 딱 그만큼, 나를 내쫓고도 있다는 점을 왜 모르냐고 대꾸하지 않았을까.

망상은 언제나 욕망, 다시 말해 '가치'와 결합한다. 대상 없는 욕망만이 망상으로부터 비워져 있다. 망상이 덮어씌우지 못하는 모든 것 안에는 신의 실재적 현존이 있다. 아름다움은 우리의 욕망을 사로잡고, 그 욕망을 대상으로부터 비워내며, 지금 여기에 있는 실제적 대상을 욕망의 대상으로 삼아 미래로 도약하려는 욕망의 충동을 금지한다.

정결한 사랑의 대가는 이것이다. 향유하려는 모든 욕망은 미래에 속하며 환상의 세계에 속한다. 반면 우리가 단지 '존재가 존재하기를' 바란다면, 그는 이미 존재한다. 더 바랄 것이 무엇이 있는가? 이때 사랑하는 존재는 상상된 미래에 의해 가려지지 않은, 벌거벗은 실재로 드러난다. 구두쇠는 보물을 바라보며 늘 그것을 몇 배로 부풀려 상상한다. 사물들을 벌거벗은 채로 보려면, 다시 말해 위조 없이 실재로 보려면, 우리는 '죽어 있어야' 한다. 따라서 사랑에는 두 형태가 있다. 욕망이 미래를 향하느냐 향하지 않느냐에 따라 정결함의 여부가 결정된다. 이러한 의미에서, 그리고 그 사랑이 '미래적 형식'에 의해 구성된 유사 불멸성을 향하지 않는다는 조건 하에서, 우리가 죽은 이에게 바치는 사랑은 완전히 순수하다. 그것은 더는 새로움을 줄 수 없는, 이미 끝난 삶을 향한 욕망이기 때문이다. 우리는 죽은 자가 '존재했기를' 바라고, 그는 실제로 존재했었다. 영혼이 어떤 것의 '원리'가 되는 것을 멈추는 순간, 그것은 동시에 '목적'이 되는 것도 멈춘다. 그래서 모든 형태의 집단적 '사고'는 필연적으로 영혼을 향한 감각과 존중의 소멸과 연결된다. 영혼이란, 인간을 그 자체의 가치로서 바라보는 관점이다. 한 인간의 영혼을 사랑한다는 것은 자신의 쾌락을 위해 봉사하는 존재로 생각하는 것이 아니다. 자기 자신에게조차 분명해지기 전에 타인에게 이해받기를 바라는 것은 잘못된 일이다. 그것은 우정에서 부당한 쾌락을 추구하는 것이며, 받을 자격이 없는 기쁨을 탐하는 것이다. 이러한 욕망은 사랑보다도 더 깊이 인간을 부패시킨다. 인간은 우정을 위해 자신의 영혼까지도 팔고자 할 것이다.

우정을 밀어내는 법을 배워라. 더 정확히 말하자면 '우정에 대한 꿈'을 밀어내는 법을 배워라. 우정을 욕망하는 것 자체가 중대한 과오이다. 우정은 예술이나 삶이 주는 기쁨처럼, 오직 무상의 기쁨이어야 한다. 우리는 그것을 거부함으로써 비로소 우정을 받을 자격을 갖게 되며, 우정은 은총의 질서에 속한다. 우정은 우리에게 '더해지는 것' 중 하나다. 우정에 대한 모든 꿈은 산산이 깨져야 마땅하다. 네가 지금껏 사랑받지 못했던 것은 우연이 아니다.

고독에서 벗어나고자 바라는 것은 비겁함이다. 우정은 추구하거나, 꿈꾸거나, 욕망해야 하는 것이 아니라 덕의 형태로 실천되어야 한다. 우리는 이러한 불순하고 혼탁한 감정의 주변부와는 단호히 결별해야 한다. 혹은, 우리 자신을 지나치게 가지치기하지 않기 위해 이렇게 말할 수도 있다. 우정 안에서 '실제적 교류'로 나아가지 않는 모든 감정은 숙고의 사유로 전환되어야 한다. 우정이 주는 고양의 덕을 제거하는 것은 아무런 도움이 되지 않는다. 단호히 금지되어야 할 것은 '감상적 기쁨으로서의 우정'을 꿈꾸는 일이다. 그것이야말로 부패다. 게다가 그것은 음악이나 회화를 '꿈속에서' 향유하려는 것만큼이나 어리석다. 우정은 아름다움과 마찬가지로 실재로부터 분리될 수 없다. 그것은 기적이며, 그 기적은 오직 '존재한다'는 사실에 있다.

어떠한 애착에도 자신을 가두지 마라. 너의 고독을 지켜라. 만약 언젠가 진정한 애정이 주어지는 날이 온다면, 내적 고독과 우정 사이에는 어떤 대립도 존재하지 않을 것이다. 오히려 그 반대다. 바로 이 틀림없는 징표로 우리는 그것을 알아볼 수 있다. 그 외의 모든 애착은 엄격히 훈육되어야 한다. 연인에게 사랑을 말할 때에도... 그것이 발화되는 방식에 따라 진부해질 수도, 비범해질 수도 있다. 이 방식은 의지로 통제할 수 없는 인간 존재의 어느 '깊은 지역'에서 그 말이 발원하느냐에 달려 있다. 그리고 놀라운 합치 속에서, 그 말은 듣는 이의 존재 안에서도 동일한 깊이의 지역에 도달한다.

아무래도 기억이란 것은 끝도 한도 없는 중얼거림... 아니면 내가 모르는 누군가, 불치의 병을 앓는 인간의, 아니면 죽은 자의 입. 나는 나의 불가능한 친구. 그럼에도 언제나 놓치는 무언가를 되짚으려는 열망... 이 놀라운 무지.

쉽게 이해할 수 있게 되었습니다. 아마도 세 가지 축을 따라 개요를 그려볼 수 있을 것입니다. 첫째, 왜 꿈은 그렇게 종종 불일치하고 파편적인가. 둘째, 왜 꿈속에서는 시간의 흐름이 사라지는 것처럼 느껴지는가. 그리고 마지막으로, 어떻게 꿈속의 기억들은 현재의 감각 안에 스며들기 위해 서로 밀고 들어오며, 어떤 질서를 따르게 되는가.

꿈에서 시간이 사라지는 듯한 느낌, 그것 역시 같은 원인에서 비롯된 또 하나의 결과입니다. 단 몇 초의 꿈이, 현실이라면 며칠에 걸쳐야 할 일들을 한꺼번에 펼쳐놓는 일이 얼마든지 일어나죠. 우리가 깨어 있을 때는 늘 타인들과 공유하는 외적 삶 속에서 살아가며, 그 외부 세계에 대한 주의력이야말로 우리의 내면 상태들의 흐름을 조절하는 가장 큰 조율자 역할을 합니다. 그건 마치 시계의 추처럼, 한 덩어리로 압축된 태엽의 긴장을 느리게 하고, 일정한 간격으로 나누어주는 장치이지요. 그런데 꿈속에는 그 조율자, 그 '추'가 빠져 있습니다. 정신의 세계에서 빠르기나 넘침은 결코 힘의 증표가 아닙니다. 힘이 요구되는 건, 오직 정밀한 조율뿐이죠. 그리고 바로 이 정밀함, 이 조율의 힘이 꿈꾸는 이에게는 없습니다. 그는 더 이상 외부 세계를 향해 집중할 수 없고, 그 주의력 없이는 자신의 내면의 시간이 외부의 시간과 맞물릴 수 없게 됩니다.

가령 제가 길거리에서 전차를 기다리고 있었고, 궤도에서 벗어나 안전한 위치에 서 있었다고 가정해보죠. 전혀 위험할 것 없던 상황이었어요. 그런데도 전차가 지나가는 그 순간, 어쩌면 '혹시'라는 생각이 스쳐갔거나, 아니면 공포를 의식할 틈도 없이 제 몸이 반사적으로 뒤로 물러났다면, 저는 밤에 전차에 치이는 꿈을 꿀 수도 있습니다. 또는, 절망적인 상태의 환자를 간호하고 있다가, 어느 순간 어쩌면 제 마음 깊은 곳에서 절망을 거스르는 희망이 일었다면, 저는 환자가 완치되는 꿈을 꾸게 될 것입니다. 병이 깊어졌다는 꿈보다는, 차라리 나아지는 꿈을 꾸게 되겠지요. 결국 꿈속에 되살아나는 장면들은, 우리가 낮 동안 가장 산만하게, 아무 생각 없이 흘려보냈던 것들입니다. 그게 뭐 그리 놀라운 일일까요? 꿈꾸는 나는 '풀어진 나', 긴장을 놓은 존재입니다. 그래서 그는 본능적으로, 가장 쉽게 다가오는 기억들... 즉, 어떤 노력의 흔적도 남기지 않은 기억들을 가장 기꺼이 받아들이는 것입니다.

사실 아주 깊은 잠에 들었을 때, 기억이 되살아나는 방식은 전혀 다를지도 모릅니다. 우리는 이 '깊은 수면'에 대해 거의 아무것도 알지 못합니다. 이 상태를 채우는 꿈들은 대개 우리가 전혀 기억하지 못하는 꿈들이지요. 그러나 아주 드물게, 우리는 그 어둠 속에서 무언가를 어렴풋이 되찾기도 합니다. 그러면 그 순간, 우리는 이상하면서도 형언할 수 없는 감각에 휩싸이게 됩니다. 마치 시간과 공간 양면에서 아득히 먼 곳을 헤매다 돌아온 듯한 기분이 드는 것이지요. 그때 되살아나는 건 아마도 유년 시절의 장면들, 아주 오래된 기억들일 겁니다. 그 기억들은 단순한 장면에 그치지 않고, 그 시절을 물들였던 정서 혹은 정념의 색조와, 깨어 있을 때는 결코 다시 불러낼 수 없는 유년의 신선한 감각까지 함께 되살려냅니다. 우리가 평소에 기억하는 산만한 꿈들 너머에, 훨씬 더 정합적이고 응집력 있는 꿈들이 이 깊은 어둠 속에 자리하고 있을지도 모르지요...

앞으로 이 '깊은 잠' 속으로 더 깊이 들어가야 할 것입니다. 제가 이 영역의 현상들에 대해 섣불리 판단할 수는 없습니다. 만약 오감을 사용하지 않으며 생각이나 감정을 주고 받는 관계가 꿈에 영향을 미친다면, 그것이 가장 잘 드러날 가능성은 바로 이 깊은 수면의 층위, 무의식의 가장 깊은 지층에서 작업하는 일일 것입니다. 다만, 저는 이 점에 관해서는 판단을 유보합니다. 자, 여러분과 함께 가능한 한 멀리까지 걸어왔습니다. 그리고 이제 저는 이 문턱에서 멈추려 합니다.

지난 시간의 것들을 둘러본다. 글자를 이렇게 저렇게 만져보는 일에 있어 나에게 오는 어려움은 쉽게 말해 그것이 내가 마음대로 할 수 있는 어떤 능력이 아니라는 것이다. 소중히 여기고, 몰두하고, 집중하는 정도에 상응하는 좋은 것이 나에게 오지 않는 불행. 그럼에도 이따금씩 나를 찾아왔던 것만 같은 은총의 느낌, 경솔한 흥분에 대한 기억이 있다. 그것이 나에게 사랑이라고도 말할 수 있을까? 더 이상 나아지기는 힘든 건강에도 불구하고 내가 살 수 있는 만큼 오래도록 살고 싶다는 마음을 지킬 수 있게 하는 것은 바로 그 기억이 일으키는 감정들이고, 그래서, 나는 나에게 일어났던 일에 놀랐던 만큼이나 내가 앞으로 할 수 있는 것들에 믿음을 가져야 한다.

L

TRAC

흔

A

CE ET

과

미래란 전혀 알 수 없는 것이고, 또 다르게 말해서... 어떤 의미에서는 아에 알 수 없게 되어버린 것이기도 하지. 아니, 어쩌면 그것은 더 이상 '미래'조차 아닐 수 있어. 프랑스어에는 Futur와 Avenir이라는 두 단어가 있어. 설명하자면... 일반적인 미래와 도래할 것의 구분이야. 미래는 알 수 없어. 그런데 실은 그 반대야. 오늘날 미래라는 말은 이전보다 훨씬 더 기술과 과학의 언어가 되어버렸어. 그것은 '다가올 시간'을 향한 하나의 현재적 투사일 뿐이야. 그러니까 미래는 더 이상 도래할 시간이 아니라는 거야. 이미 거기 있는 것일 뿐이고. 내가 "20년 뒤에는 내 병을 치료할 수술법을 창조할 수 있을 것이다"라고 말한다면, 그 가능성 자체가 이미 그 목표를 향한 수단들이 모두 갖추어졌음을 지시하고 있어. 그렇게 생각하면... 어떤 의미에서 목표는 이미 도착해 있는 거야. 물론, 내가 그것이 정확히 어떤 방식으로 구체적으로 실현될지는 모르지... 하지만 분명한 건... 이런식의 '미래'가 도래할 것으로서의 성격을 상실한다는 거야. 세상은 사람들을 더 건강히 살게 할 새로운 방식들을 끊임없이 발명해내고 있어. 그런데 정작 그게 무엇을 의미하는지는 아무도 모르고 있어. '긴 생'이란 것을 말이야. 긴 삶이 짧은 삶보다 더 낫다고 누가 말할 수 있을까? 아무도 그것에 관해 제대로 말할 자격을 갖고 있지 않아. 긴 삶은 그저 좋은 것처럼 여겨지는데... 왜냐하면 삶은 스스로를 살고자 하니까... 하지만 예전의 모든 문화에서 삶은 곧 죽음을 향해 있는 것이었어.

미래의 변화를 현실로 투사해서는 안 된다고 생각해. 미래는 오히려 꿈으로서 투사되어야 해. 우리는 '꿈'을 꿔야 하는데... 하지만, 꿈꾼다는 것은 대체 무엇을 뜻하는 걸까? 단지 더 나은 내일을 꿈꾼다고 말하는 것만으로는 충분치 않을지도 몰라. 꿈을 꾼다고 말하지만, 동시에 그것이 지속될 수 없는 것임을 고백하는 것이기도 해. 꿈이라고 부를 때, 우리는 다시 기대할 미래로 돌아오게 되잖아. 기대할 미래가 어떤 역할을 가질 수 있겠지. 교육적인 역할이라든가, 혹은 그 이상일 수도 있어. 그래도, 중요한 건... 꿈을 실현하려는 것이 아니야. 현실로부터 꿈을 꿈으로서 받아들여야 해. 그리고 꿈을 꿈으로 남겨둔 채, 그로부터 무언가 다른 것으로 나아가야 해.

꽤 짧지 않은 계절들을 기억과 형상을 변조하는 데 보냈고, 저 너머로 향할 수 있을 감각과 의미를 만들어내기 위해 세상과, 도시와, 사람들과 가깝지만 가깝지 않은 위치에서 잠시 자리를 잡았다. 그리고는, 삶과 예술의 주파수를 조율하면서 내 안에 새로이 정박시킬 규율들을 마련해 왔다. 이제는 그만 돌아가야 할 텐데, 그럼에도, 나는 나의 예술이 낮에 대한 반항에 근거를 두고 있다는 사실을, 그렇지만, 말없이 뜨겁게 말을 거는 여름의 태양과 같은 무언가를 내가 바래왔다는 사실을 때때로 상기시켜야 한다.
죽음의 보류와 조금씩 나아지는 건강이 주는 느낌에 익숙해지고 있다. 도리어 죽음에 가까웠기에 지금껏 생각하지 않았다가 재차 일상에 습관을 들이고, 참여하고, 시작해야 한다는 그런 종류의 어려움을 마주하는 중이다. 이제는 삶의 장면이 아니라 삶 자체를 직시할 줄 안다는 자유를 안다는 거만함과 동시에 약간은 무뎌진 불안. 연장된 삶의 길이만큼 내가 외면해왔던 우정과 문화에게 조금씩 되돌아 갈 것이다. 여전히 언젠가 올 지 모르는 갑작스런 죽음의 방문에 내 말을 지키면서 말이다.

LA VI
REV
돌아요

E QUI
IENT

는 사
는 삶

F

섬망:
여섯 계절 이야기

편집
정동규

글
장-뤽 낭시
시몬 베유
앙리 베르그송
정동규
등등…

발행, 발행일
텍스트 프레스
2025년 12월 26일

가격
11,000원

Edition of 300
979-11-92023-08-3(03810)

그것이 단편적일지라도, 어떤 시간과 공간에서 쓰여졌던 글자들은 중요한 비밀들을 가지고 있던 것으로 보인다. 그렇지만, 퇴고를 거치며 이 내밀함은 동일한 것으로 남으면서도, 더욱 불확실하게 필연적으로 스스로를 숨기며, 그렇게 핵심은 모호해지는 것만 같다. 더욱이 내가 그것이 어떤 의미였다고 누군가에게 설득하고 설명하려 하다 보면, 정말로 특별한 어떤 것을 붙잡아 낸 것 같지 않다. 헌데, 그렇지 않고는 흔적이 드러날 기회를 얻지 못하는 건 아닐까?